Sie waren fünf Kaninchenkinder und hießen:
Kanikl, Könikl, Kinikl, Kaunikl und Kunikl.
Kanikl hatte braunes Fell.
Könikl hatte rotes Fell.
Kinikl war blond.
Kaunikl war grau.
Und Kunikl hatte dunkle Tupfen im Fell.
Alle fünf waren gleich alt.
Ihre Ohren waren gleich lang.
Ihre Schwänze waren gleich kurz.
Ihre Nasen konnten schnuppern und wittern;
ihre Bärte konnten tasten und zittern;
ihre Zähne konnten nibbeln und nagen;
und alle fünf konnten Purzelbaum schlagen.

JUGEND UND VOLK WIEN MÜNCHEN

Dann rufen alle HOPPELPOPP

MIRA LOBE · ANGELIKA KAUFMANN

Kanikl, Könikl, Kinikl, Kaunikl und Kunikl
wohnten im Kaninchenbau unter der Erde.
Es war ein schöner Bau
mit vielen Eingängen und Ausgängen,
mit Schlupflöchern und Schlaflöchern
und kleinen Höhlen.
Wenn es oben regnete, dann hatten sie
es dort unten warm und gemütlich.
Sie spielten zusammen zwischen den Wurzeln:
Kullern und Kugeln und Rutschen und Purzeln.
Und wenn sie müde waren, dann kuschelten sie sich
eng zusammen und schliefen.
Von Kanikl guckte ein braunes Ohr heraus.
Von Könikl ein rotes.
Von Kinikl guckte eine blonde Pfote heraus.
Von Kaunikl eine graue.
Und wenn Kunikl schlecht träumte, dann weckten ihn
die anderen und verscheuchten den Traum.

Noch schöner war es, wenn die Sonne schien.
Dann spielten sie draußen.
Sie spielten: Über-die-Wiese-Hüpfen.
Sie spielten: Unter-die-Blätter-Schlüpfen.
Sie spielten: Der Fuchs kommt! – und was man da macht!
Oder: Hallo! Ein Bussard! Nehmt euch in acht!
Sie spielten Foppen und Fangen und Necken
und Sich-Verstecken-in-Haselnußhecken.
Wenn Kanikl einen Hügel fand zum Runterrollen
und wenn Könikl altes Laub fand zum Durchrascheln,
dann riefen sie die anderen,
damit sie mitrollten und mitraschelten.
Wenn Kinikl eine gelbe Rübe fand
und Kaunikl ein Krautblatt
und Kunikl ein Maulvoll Klee –
dann riefen sie die anderen,
damit jeder ein Stück Rübe bekam und ein Krautblatt
und ein Maulvoll Klee.

Eines Tages kam ein Fremder.
Er war groß und hatte einen prächtigen Schnurrbart.
,,Ich heiße Hoppelpopp", sagte der Fremde.
,,Wir heißen Kanikl, Könikl, Kinikl, Kaunikl und Kunikl",
sagten die Kaninchenkinder.
Hoppelpopp rieb seine große Nase an den fünf
kleinen Nasen. So begrüßen sich die Kaninchen.
,,Ihr spielt wohl gerade?" fragte Hoppelpopp. ,,Wer ist
denn der Tüchtigste von euch?"
Die fünf Kaninchenkinder schüttelten verwundert
die Ohren: ,,Der Tüchtigste? Was ist das:
der Tüchtigste?"

"Ich erkläre es euch", sagte Hoppelpopp.
"Wer am schnellsten ist,
wer am stärksten ist,
wer am schlauesten ist,
wer am mutigsten ist: der ist der Tüchtigste."
Die fünf Kaninchenkinder schauten einander an.
"Wir sind alle gleich schnell!" sagte Kanikl.
"Wir sind alle gleich stark!" sagte Könikl.
"Und gleich schlau!" sagte Kinikl.
"Und gleich mutig!" sagte Kaunikl.
"Das gibt es nicht!" sagte Hoppelpopp.
"Doch!" sagte Kunikl. "Wir sind überhaupt alle ganz gleich."

„Das glaube ich nicht", sagte Hoppelpopp: „Gebt acht! Ihr macht jetzt einen Wettkampf. Ihr lauft den Hügel hinunter, um die Hecke herum und wieder zurück. Achtung! Los!"
Kanikl, Könikl, Kinikl, Kaunikl und Kunikl rannten den Hügel hinunter, um die Hecke herum und zurück.
Kanikl war als erster wieder da.
„Du bist der Schnellste!" sagte Hoppelpopp.
Kanikl war stolz.
„Ich bin der Schnellste!" sagte er zu den anderen. „Ich bin besser als ihr."
„Spiel dich nicht auf!" sagte Könikl und gab ihm einen Schubs.
Kanikl schubste zurück – und schon rauften alle fünf. Sie kratzten und bissen und schlugen mit den Pfoten. Bis Kanikl, Kinikl, Kaunikl und Kunikl
genug davon hatten.
Nur Könikl wollte immer weiterraufen.
„Du bist der Stärkste!" sagte Hoppelpopp.
Könikl war stolz.
„Ich bin der Stärkste!" sagte er zu den anderen. „Ich bin besser als ihr."

ich bin der Schnellste

ich bin der Stärkste

„Und jetzt der Schlaueste!" sagte Hoppelpopp.
Er führte die fünf Kaninchenkinder zu einem Gitterzaun.
Dahinter war ein Gemüsegarten.
„Wer holt mir ein Salatblatt heraus?" fragte
Hoppelpopp.
Kanikl rannte am Gitter hin und her und suchte eine
Lücke.
Könikl wollte den Draht durchbeißen.
Kaunikl und Kunikl wollten drüberklettern.
Kinikl aber scharrte ein Loch, schlüpfte unter dem Gitter
durch und brachte das Salatblatt.
„Du bist der Schlaueste!" sagte Hoppelpopp.
Kinikl war stolz. Er durfte das Salatblatt auffressen
und sagte mit vollem Maul:
„Ich bin der Schlaueste! Ich bin besser als ihr."

„Und jetzt der Mutigste!" sagte Hoppelpopp.
Er führte sie zum Bach, stieg hinein und schwamm hinüber.
„Wer macht es mir nach?" rief er von drüben.
Kanikl, Könikl, Kinikl, Kaunikl und Kunikl
standen am Ufer. Keiner wollte es nachmachen.
Hoppelpopp legte eine Karotte ins Gras.
„Wer holt sie sich?" rief er.
Kaunikl steckte eine Vorderpfote ins Wasser und zog sie heraus. Er steckte die zweite Vorderpfote ins Wasser und zog sie heraus. Er steckte beide Vorderpfoten und beide Hinterpfoten ins Wasser und schwamm durch den Bach.
„Du bist der Mutigste!" sagte Hoppelpopp.
Kaunikl knabberte an seiner Karotte und war stolz.
Die anderen standen noch immer drüben am Ufer.
„Ich bin der Mutigste!" rief er ihnen zu. „Ich bin besser als ihr."

Von diesem Tag an war alles anders.
Sie spielten nicht mehr zusammen.
Sie fraßen nicht mehr zusammen.
Sie schliefen nicht mehr zusammen.
Jeder blieb für sich allein.
„Wollen wir rennen?" fragte Kunikl.
„Ich renne nicht mit euch!" sagte Kanikl. „Ich bin
der Schnellste, und ihr seid mir zu langsam."
„Wollen wir raufen?" fragte Kunikl.
„Ich raufe nicht mit euch!" sagte Könikl. „Ich bin
der Stärkste, und ihr seid mir zu schwach."
Kinikl sagte: „Ich rede nicht mehr mit euch. Ich bin
der Schlaueste, und ihr seid mir zu dumm."
Und Kaunikl sagte: „Ich bin der Mutigste,
und ihr seid mir zu feig."
Hoppelpopp strich sich zufrieden den Bart. „Seht ihr!"
sagte er. „Jetzt haben wir also den Schnellsten,
den Stärksten, den Schlauesten, den Mutigsten!
Lauter tüchtige Kaninchenkinder."
„Und was bin ich?" fragte Kunikl.
„Du? Du bist gar nichts!" sagten die tüchtigen
Kaninchenkinder.

Kunikl saß auf der Wiese und weinte.
Er ließ beide Ohren hängen.
Keiner spielte mehr mit ihm. Keiner weckte ihn nachts,
wenn er schlecht träumte. Keiner teilte mit ihm
eine Rübe oder ein Krautblatt oder ein Maulvoll Klee.
Plötzlich stellte Kunikl beide Ohren auf.
Kam da nicht jemand?
Kunikl schnupperte.
Der da kam, roch nicht nach Kaninchen.
Er roch nach Feind.
Kunikl trommelte mit der Hinterpfote auf den Boden.
Das heißt in der Kaninchensprache: Achtung! Gefahr!
Kanikl, Könikl, Kinikl und Kaunikl kamen angerannt.
„Was ist los?"
„Ein Dachs!" flüsterte Kunikl. „Da ist er schon."

Alle liefen davon. Alle gleich schnell.
Zehn Paar Pfoten rannten dicht nebeneinander.
Fünf Paar Ohren und fünf Schnurrbärte
wehten im Wind.
Der Dachs kam hinter ihnen her.
„Ob er uns einholt?" fragte Kanikl.
„Das glaube ich nicht!" sagte Könikl. „Dachse können
gut watscheln..."
„... aber nicht gut rennen!" sagte Kinikl.
„Ich weiß was!" rief Kunikl. „Wir laufen zurück
und vertreiben ihn."
Kanikl, Könikl, Kinikl und Kaunikl staunten.
„Was du dich traust!" sagten sie.
„Bist du aber tapfer!"
„Bin ich tapfer?" fragte Kunikl. „Ich trau mich nur,
weil wir alle wieder zusammen sind."
Da drehten sie um und liefen zurück.
Der Dachs machte kehrt und wackelte davon.

Kanikl, Könikl, Kinikl, Kaunikl und Kunikl
rannten nach Hause.
Sie waren alle gleich stolz und gleich aufgeregt.
„Ein Dachs hat uns gejagt!" riefen sie.
„Kunikl hat ihn gesehen und getrommelt!" riefen sie.
„Zuerst sind wir davongelaufen –
und dann haben wir ihn vertrieben."
Hoppelpopp strich sich den prächtigen Schnurrbart.
„Soso, ein Dachs. Sehr tüchtig! Und wer war der
Tüchtigste?"
„Wir waren alle gleich tüchtig!" sagten die fünf
Kaninchenkinder.

„Das gibt es nicht!" sagte Hoppelpopp.
„Doch, das gibt es!" riefen Kanikl, Könikl, Kinikl,
Kaunikl und Kunikl. „Und jetzt sind wir alle
gleich müde."
Sie drehten ihm die Schwänze zu
und schlüpften in ihre Schlafhöhle.
Dort kuschelten sie sich eng zusammen,
wie früher.
Von Kanikl guckte eine braune Pfote heraus.
Von Könikl eine rote.
Von Kinikl guckte ein blondes Ohr heraus.
Von Kaunikl ein graues.
Und von Kunikl ein Stück getupftes Fell.

Als sie aufwachten, war Hoppelpopp fort.

Kanikl, Könikl, Kinikl, Kaunikl und Kunikl
spielen wieder zusammen auf der Wiese.
Sie rollen von den Hügeln.
Sie rascheln im Laub.
Sie teilen jede Rübe, jedes Krautblatt, jedes Maulvoll Klee.
Sie spielen: Über-die-Wiese-Hüpfen.
Sie spielen: Unter-die-Blätter-Schlüpfen.
Sie spielen: Der Fuchs kommt! – und was man da
macht!
Oder: Hallo! Ein Bussard! Nehmt euch in acht!
Aber wenn einer sagt: „Ich bin besser als ihr!" – dann
rufen alle: „Hoppelpopp!"